Freaky Foods
From Around The World

Platillos Sorprendentes de Todo el Mundo

Story by: Ramona Moreno Winner
Illustrations by: Luis Borsan

A BrainStorm 3000 Publication
www.brainstorm3000.com

ISBN# 0-9651174-2-1   LCN# 2004095927
Printed in Hong Kong by Toppan Printing Co.

At the south end of town, next to the mall, is a wonderful little restaurant called Freaky Foods. My family runs this restaurant. People find us a bit curious because we are world travelers with strange tastes. Our restaurant is best known for its colorful menu featuring food from around the world.

Al sur de la ciudad, cerca del centro comercial,
hay un pequeño y excelente restaurante llamado
Platillos Sorprendentes que mi familia manejan.
La gente nos considera un tanto curiosos por ser
viajeros internacionales de gustos extravagantes.
Lo que más distingue a nuestro restaurante es su
insólito menú, con comida de todo el mundo.

Our main cook is Grandma Nora. Her favorite pastime is cooking foods she encountered while visiting different countries. She is always whipping up new dishes at home. And me, I'm the assistant chef. My main duty is, you guessed it, cleaning up! However, the benefits are good. I get to sample some delicious foods.

"Lucas," said Grandma. "This weekend I want you to invite some of your school friends to lunch so I can try out some new recipes."

"Gosh Grandma, that's great!" I said. "How many of my friends can I invite?"

"Why don't you ask your whole class over. There will be plenty for everyone." said Grandma with a smile. So that's just what I did.

Nuestra chef es la abuelita Nora. Su pasatiempo favorito consiste en preparar comidas que descubrió mientras visitaba diferentes países. En casa, siempre está improvisando nuevos platillos. Y yo soy el asistente de la chef. Mi responsabilidad principal es —lo adivinaron— ¡limpiar! Pero tiene sus ventajas, porque puedo probar algunos platillos deliciosos. «Lucas —dijo la abuela— este fin de semana quiero que invites a almorzar a algunos de tus amigos de la escuela, para prepararles una de mis nuevas recetas».

«¡Cáspita, abuela, eso es fantástico! —le contesté—. ¿A cuántos amigos puedo invitar?»

«¿Por qué no invitas a la clase entera? Habrá suficiente para todos» —repuso la abuela con una sonrisa. Y eso fue exactamente lo que hice.

On Saturday, my whole class showed up for lunch. It was like having a big, big party. The house smelled great, and spilled out into the back yard where all my friends played as we waited for lunch. As assistant chef, I had already helped Grandma prepare the food earlier that morning. I could hardly wait to see the looks on my friends' faces when they saw what was for lunch!

El sábado vinieron a almorzar mis compañeros. Era como una gran, gran fiesta. Cada rincón de la casa olía delicioso y el aroma se extendía hasta el patio, donde mis amigos se entretenían jugando mientras esperábamos el almuerzo. Más temprano, esa misma mañana, le había ayudado a la abuela, en mi calidad de asistente de la chef, así que ¡apenas podía esperar a que llegara el momento de ver las caras de mis amigos cuando se sentaran a comer!

"Lunch is on!" bellowed Grandma from inside the house. "Everyone wash your hands and gather in the yard for lunch."

"Wow!" I said. "Something sure smells good!" "Yea!" said some of the kids as they rubbed their stomachs and licked their lips. By now we were all hungry. Once we were seated and politely waiting at the tables on the lawn, out came the food.

«¡El almuerzo está listo! —exclamó la abuela desde el interior de la casa—. A lavarse las manos todo el mundo. Reúnanse en el patio para almorzar».

«Caramba —comenté—, ¡hay algo que huele muy bien!»

«Sí» — dijeron algunos de los niños, al tiempo que se frotaban el estómago y se relamían. Para entonces ya teníamos mucha hambre. Una vez sentados, esperamos cortésmente en las mesas dispuestas sobre el césped, hasta que llegó la comida.

Here comes Grandma with a large platter held high in her left hand. Her right hand is out, to get everyone's attention. Before putting the platter down, she said:

"When food is strange and quite unknown
and not familiar like our own

don't squirm around making funny faces
because food comes from different places.

THAT'S WHY IT'S DIFFERENT!"

Y que llega la abuela, llevando una gran fuente
en lo alto con la mano izquierda, mientras
levantaba la derecha, para que le pusieran
atención. Antes de bajar la fuente, dijo:

«Si la comida es nueva y algo extraña
y que no es igual a la acostumbrada

No se agiten ni pongan esa cara
Porque la comida de otras partes
les parece rara.

¡POR ESO ES DIFERENTE!»

Then she put the plattter down and listed foods that did astound.

"There's the raspy tongue of a sassy cow,
juicy hooves and ears of a sow,

Chicken feet, crunchy and sweet,
French fried skunk or roasted rat meat.

Have sautéed crickets or stewed fish heads or
maybe you'll like spider salad instead.

Try tender cactus with barbecued raccoon.
I bet you can't wait to eat it soon!

We've fried frog legs or stuffed moose heart;
seaweed chips make a good start.

Eat juicy moths or buttered snails or
rattlesnake cooked out on the trail.

Silkworm larvae is crisp and warm;
maybe ant brood tacos remind you of home.

So much to eat, familiar and new.
I'm so hungry... how about you?"

Enseguida, bajó la fuente y lo que dijo fue sorprendente:

«Hay lengua rasposa de vaca fresca.
Jugosas pezuñas y orejas de puerca.

Patas de pollo dulces y crujientes.
Zorrillo frito o carne de rata caliente.

Coman grillos salteados o cabezas de pescado; o
tal vez la ensalada de araña —los dejará encantados

Prueben tiernos cactos con mapache a la barbacoa
¡Se deleitarán con los platillos de la abuela Nora!

Tenemos ancas de rana fritas o corazón de alce relleno;
para empezar, los chips de algas marinas son muy buenos

Jugosas polillas o caracoles a la mantequilla; o
víbora de cascabel cocinada —qué maravilla

Larvas de gusano tostadas y humeantes; quizá
tacos de escamoles, como allá en tu casa

Tanto qué comer, nuevo y conocido
Me muero de hambre, ¿comen conmigo?»

The kids just stared at grandma round eyed with their mouths hanging open. When she put down the dish, beautifully decorated with chicken feet, everyone was ready to run.

Los niños se quedaron mirando fijamente a la abuela, con la boca bien abierta y los ojos redondos. Cuando colocó sobre la mesa el platón bellamente decorado con patas de pollo, todos estaban listos para echarse a correr.

Oh my, I thought. I'd better do something before they bolt!
I quickly stepped up to Grandma's platter and scooped up
goodies onto my plate. Then, I took a bite of the frog legs
and with great relish said, "This tastes like chicken. You guys
have to try some of this - it's really good!"

«Ay — pensé—. ¡Mejor
hago algo antes de que salgan
disparados!». Así que me acerqué a
la abuela rápidamente y llené mi plato con
cosas ricas. Luego, tomé un bocado de ancas de
rana y dije con gran deleite: "«Esto sabe a pollo. Ustedes,
chicos, tienen que probar esto - ¡es realmente bueno!»

With great hesitation, my friends chose strange looking food from the tray. Slowly they lifted trembling forks to their mouths. "Hey, this tastes like pork roast!" shouted one of the kids in a surprised voice. "Try the tongue," giggled another. "It feels nubby in your mouth." "Grandma Nora, those tacos are better than what my mom makes at home," piped up another.

Con gran vacilación, mis amigos tomaron de la bandeja comida de aspecto extraño. Lentamente se llevaron a la boca los tenedores temblorosos. «Oye, esto sabe a asado de cerdo» —gritó uno de los niños con tono de sorpresa en la voz. «Prueben la lengua», —dijo otro riéndose—, se siente rasposita en la boca». «Abuela Nora, esos tacos son mejores que los que mi mamá hace en casa» —chilló otra.

It was great! Their expressions mirrored my own when I first tried some of these foods while traveling with my family. Grandma always says that to truly understand another culture, you must eat the food. Well, maybe not spider salad.

Fue formidable! Sus expresiones eran iguales a la mía cuando probé por primera vez algunos de estos platillos, mientras viajaba con mi familia. La abuela siempre dice que para entender verdaderamente otra cultura, hay que comer su comida. Bueno, probablemente no la ensalada de araña.

Lunch at Grandma's was a big hit that day, and many of my friends have since taken their parents to Freaky Foods Restaurant to, you know, expand their tastes. Whenever my class has a party, they nervously wait for me to uncover my dish. I think they expect and hope for something strange from Grandma's kitchen.

By the way, do you have plans for lunch tomorrow?

Ese día, el almuerzo en la casa de la abuela fue un éxito rotundo y desde entonces muchos de mis amigos han llevado a sus padres al Restaurante de Platillos Sorprendentes para ampliar su paladar. Siempre que hay una fiesta en mi clase, esperan nerviosamente que muestre el platillo que llevé. Creo que desean y confían en que sea algo extraño de la cocina de la abuela.

A propósito, ¿tienen compromiso para almorzar mañana?

Freaky Facts and Recipes

Pigs: It is believed that the majority of the breeds we now know are descended from the Asian wild Boar. Bones and figurines of domesticated pigs have been found dating back 6,000 – 7,000 years. Pigs have provided man with meat and hides for a long time. The world's largest hog weighed 2,552 pounds and was from the state of Tennessee.

Pigs Feet (Spain)
Four pig feet, onion and green pepper, garlic, olive and oil. Saute until tender. Add tomato paste, green peeled chilies and salt to taste. Guaranteed to make you squeal.

Pickled Pig Ears (Vietnam)
Boil two pounds of pig ears for 20 minutes. Cut into strips. Soak in alum (salty liquid) two hours. Place in jars with white vinegar, sugar and salt.

Chickens: Domesticated from southern Asian jungle fowl at least 4,000 years ago, they have been a great source of meat, eggs and feathers. The average laying-hen produces 257 eggs a year.

Chicken Feet (China)
Saute Eight chicken feet (clipping nails optional) in oil, garlic & ginger. Add water and soy sauce - boil until tender. Add oyster sauce and sugar to taste. It's a great feat to fry this fowl dish!

Sorprendentes Datos y Recetas

Cerdos: Se cree que la mayoría de las razas que ahora conocemos descienden del jabalí asiático. Los huesos y figurillas de cerdos domesticados que se han encontrado datan de hace 6.000 a 7.000 años. Durante mucho tiempo, los cerdos le han proporcionado al hombre carne y cuero. El cerdo más grande del mundo pesaba 2,552 libras y era del estado de Tennessee.

Patas de cerdo (España)

Cuatro patas de cerdo, cebolla y pimiento verde (ají, chile morrón), ajo y aceite de oliva. Sofríanlas hasta que estén tiernas. Añadan pasta de tomate, chiles verdes pelados y sal al gusto. Garantizado que los hará chillar.

Orejas de cerdo en escabeche (Vietnam)

Hiervan dos libras de orejas de cerdo durante 20 minutos. Córtenlas en tiras. Remójenlas en alumbre (líquido salado) dos horas. Vacíenlas en frascos con vinagre blanco, azúcar y sal.

Pollos: Domesticados de aves de corral procedentes de la selva del sur de Asia, desde hace por lo menos 4.000 años, los pollos han sido una gran fuente de carne, huevos y plumas. La gallina ponedora promedio produce 257 huevos al año.

Patas de pollo (China)

Sofrían ocho patas de pollo (es opcional cortarles las garras) en aceite, ajo y jengibre. Añadan agua y salsa de soya – hiérvanlas hasta que estén tiernas. Añadan salsa de ostiones y azúcar al gusto. ¡Es una gran hazaña freír este platillo de ave de corral!

Cattle: Aurochs are the grandfathers of today's cattle. Humans began domesticating them over 6,700 years ago for their ability to pull and carry things, for their meat, milk and hides. Domestic Cattle average life span is 9 – 12 years. Chianinas (a breed from Italy) are the largest cows measuring 6' at the shoulders.

Beef Tongue (Mexico)
Take one beef tongue boiled till tender. Cut into cube-like portions and brown in a bit of oil. Add fresh green chile peppers, olive oil, white onion, garlic, tomatoes, and salt to taste. Yum, good!

Skunks: Known to be the stinkiest of mammals, skunks are found in South, Central, and North America. The oldest recognized fossil identified as a skunk dates from 11-12 million years ago. Skunks produce an oily, smelly, yellow liquid in two glands located under the tail and can spray up to 10 ft (3m) to chase away predators.

Fried Skunk (American Indian)
Skunk needs to be cleaned and cut into serving pieces. Boil till tender then coat in batter of egg yolk, milk, flour, salt and baking powder. Deep fry till golden brown. Smells savory!

Ganado: Los uros son los ancestros del ganado de hoy. Los humanos empezaron a domesticarlos hace más de 6.700 años, por ser capaces de jalar y cargar cosas, por su carne, leche y cuero. La vida media del ganado doméstico es de 9 a 12 años. Las vacas de raza chianina, que tuvo su origen en Italia, son las más grandes que existen, con una alzada de 6 pies a las paletillas.

Lengua de res (México)
Tomen una lengua de res hervida hasta estar tierna y córtenla en cubos. Doren las porciones en un poco de aceite. Añadan chiles verdes frescos, aceite de oliva, cebolla blanca, ajo, tomates y sal al gusto. ¡Hmm, riquísima!

Zorrillos: Conocidos como los mamíferos más malolientes, los zorrillos se encuentran en Norte, Centro y Sudamérica. El fósil reconocido más antiguo, identificado como zorrillo, data de hace 11 a 12 millones de años. Los zorrillos producen un líquido amarillo oleaginoso y pestilente en dos glándulas localizadas debajo de la cola y pueden rociarlo hasta a una distancia de 10 pies (3 metros) para ahuyentar a los depredadores.

Zorrillo frito (Indio americano)
Hay que limpiar y cortar el zorrillo en porciones individuales. Hiérvanlas hasta que estén tiernas, después hay que cubrirlas con una mezcla de yemas de huevo, leche, harina, sal y polvo de hornear. Fríanlas en abundante aceite hastaque doren. ¡Huele sabroso!

Rats: Found on every continent of the world (except Antarctica) rat fossils records date back to 54 million years ago! Unlike common street rats which live on human garbage, rats in the wild are strictly vegetarian. The largest rat in the world is the "African Gambian Pouch" whose body can grow up to 17 inches long, with a tail extending another 17 inches and weighing in at over 6 pounds!

Grilled Rat (Vietnam)
Rice fed rats from fields must be skinned and cleaned. Cover in spices and grill. Fire up the BBQ!

Stewed Cane Rats (West Africa)
Cane fed rats from fields must be skinned and cleaned. Split lengthwise. Fry until brown. Cover with water, tomatoes, hot red peppers and salt. Simmer till tender.

Snails: Snails are gastropods. The oldest gastropod fossils are over 500 million years old. The largest known land snail is a "Giant African" weighing 2 pounds and measuring over 15 inches from snout to tail. Snails have been farmed as a food source since 50 BC in Rome. Not all types of snails are edible snails.

Snail Dish (France)
You'll need four dozen snails and water. Boil, then rinse. Remove shells and wash meat in vinegar and water. Saute in oil with bay leaves, thyme, salt and pepper. This garden pest is considered a delicacy!

Ratas: Se encuentran en cada continente del mundo (excepto en la Antártica); ¡los registros de fósiles de rata datan de hace 54 millones de siglos! A diferencia de las ratas callejeras comunes que se alimentan de la basura de los humanos; las ratas en su ambiente natural son estrictamente vegetarianas. La rata gigante gambiense es la más grande del mundo, ¡cuyo cuerpo puede crecer hasta alcanzar 17 pulgadas de largo, con una cola que se extiende otras 17 pulgadas y un peso superior a las 6 libras!

Rata a la parrilla (Vietnam)
Hay que despellejar y limpiar las ratas de los campos alimentadas con arroz. Cúbranlas con especias y ásenlas a la parrilla. ¡A encender la barbacoa!

Ratas de la caña guisadas (África Occidental)
Hay que despellejar y limpiar las ratas de los campos alimentadas con caña de azúcar. Córtenlas a lo largo. Fríanlas hasta que se doren. Cúbranlas con agua, tomates, chiles rojos picantes y sal. Hiérvanlas a fuego lento hasta que estén tiernas.

Caracoles: Los caracoles son gastrópodos. Los fósiles de gastrópodos más antiguos superan los 500 millones de años. El caracol de tierra más grande que se conoce es el "gigante africano" que pesa 2 libras y mide sobre 15 pulgadas del hocico a la cola. Los caracoles han sido cultivados como fuente de alimentación desde el año 50 a. de C en Roma. No todos los tipos de caracol son comestibles.

Platillo de caracoles (Francia)
Necesitarán agua y cuatro docenas de caracoles. Hiérvanlos y luego enjuáguenlos. Desprendan las conchas y laven la carne en vinagre y agua. Sofríanlos en aceite con hojas de laurel, tomillo, sal y pimienta. ¡Estas plagas de jardín se consideran un manjar!

Moose: The moose dates back to an old deer known as MEGACEROS who lived around one million B.C. Moose are the world's largest member of the deer family. The Alaskan race is the largest of all the moose. The largest moose on record was 7.6 feet tall (at the shoulder) weighing 1,795 pounds with an antler spread of 6.5 feet. Moose, like deer, have been hunted by man for their meat and hide.

Stuffed Moose Heart (Canada)
Soak Moose heart overnight. Stuff Moose heart with a mixture of bread crumbs, salt, butter onion, sage, pepper and flour. Bake for three hours. Don't get heartburn!

Crickets: They are found world wide and are known for their chirping which is caused by rubbing a hardened area on the upper side of the wing against a thickened vein near the base of the forewing. Archeologists have found dried and cooked crickets in American ruins dating back 2,400 years. They are a great protein source and were likely a prized food. The Weta Cricket from New Zealand is the largest known cricket. It looks like a cockroach with a body length of over 3 inches.

Fried Bush Crickets (Sub-Sahara, Africa)
Remove wings and legs of crickets. First boil them, then bake, then fry them in fat for a crunchy treat.

Alce: El alce se remonta a un antiguo venado conocido como MEGACEROS que vivió hace alrededor de un millón de años a. de C. y son los miembros más grandes de la familia de los cérvidos. La raza de mayor tamaño procede de Alaska. El alce más grande jamás registrado tenía una alzada de 7.6 pies (a la paletilla), pesando 1.795 libras con una cornamenta de 6.5 pies de envergadura. Los alces, al igual que los venados, han sido cazados por el hombre por su carne y cuero.

Corazón de alce relleno (Canadá)
Remojen el corazón de alce toda la noche. Rellénenlo con una mezcla de pan molido, sal, mantequilla, cebolla, salvia, pimienta y harina. Hornéenlo durante tres horas. ¡Cuidado con las agruras!

Grillos: Se encuentran en todo el mundo y son conocidos por el chirrido que producen al frotar la zona endurecida de la parte superior del ala contra una vena dilatada cercana a la base del ala anterior. Los arqueólogos han encontrado grillos secos y cocinados en ruinas americanas que datan de hace 2.400 años. Son una gran fuente de proteína y eran probablemente un alimento muy apreciado. El grillo gigante de Nueva Zelanda es el más grande que se conoce. Parece cucaracha y su cuerpo mide más de 3 pulgadas de largo.

Grillos de arbusto fritos (Subsahara africano)
Desprendan las alas y las patas. Hornéenlos después de hervirlos y fríanlos en grasa para obtener un bocadillo crujiente.

Snakes: One of the earliest snakes to appear in the fossil record was found in the Saharan Desert dating nearly 130 million years ago. A fossil snake found in Egypt was estimated at being over fifty feet in length. The rattlesnake evolved about 5 million years ago. A rattlesnake's rattles are created each time they shed their skin. The tail rattle sound is a warning to stay away from the snake or risk getting a poisonous bite! Some rattlesnake species can grow to 8 feet long and can live for as many as 25 years.

Rattlesnake (United States)
Skin and clean your snake. Coat with flour, cracker meal, salt, pepper, and garlic powder. Fry until golden. Tastes like chicken.

Frogs: Modern species of frogs appeared about 190 million years ago. The largest frog today is the Goliath Frog of West Africa; its body can grow up to one foot long, and the tail can grow an additional foot longer. It can weigh 7 pounds. The size of a large house cat! Asia is the largest exporter of frogs as a source of food.

Frog Legs (Italy)
Use 4 sets of frog legs. Cover with salt, pepper, oil and garlic. Brown, then add lemon juice, green apple (peeled and diced), Nosiola wine and butter. Coat with radicchio and bread crumbs. Hopping good!

Víboras: Una de las primeras víboras que aparecieron en el registro de fósiles se encontró en el desierto del Sahara, remontándose a casi 130 millones de años. La longitud estimada de un fósil de víbora encontrado en Egipto era superior a cincuenta pies. La víbora de cascabel evolucionó hace cerca de 5 millones de años. Los cascabeles de una víbora de cascabel se crean cada vez que mudan de cola. El sonido de cascabel de la cola es una advertencia para mantenerse alejado de ella ¡o arriesgarse a una mordedura venenosa! Algunas especies de víboras de cascabel pueden alcanzar una longitud de 8 pies y vivir hasta 25 años.

Víbora de cascabel (Estados Unidos)
Quítenle la piel a su víbora y límpienla. Cúbranla con harina, galleta molida, sal, pimienta y polvo de ajo. Fríanla hasta que dore. Sabe a pollo.

Ranas: Las especies modernas aparecieron hace unos 190 millones de años. La rana Goliat de África Occidental es la más grande de nuestros días; su cuerpo llega a alcanzar una longitud de un pie y la cola puede crecer otro pie. Puede pesar 7 libras, ¡el tamaño de un gato doméstico grande! Asia es el mayor exportador de ranas como fuente alimenticia.

Ancas de rana (Italia)
Usen 4 juegos de ancas de rana. Cúbranlas con sal, pimienta, aceite y ajo. Dórenlas y luego añadan jugo de limón, manzana verde (pelada y cortada en dados), vino Nosiola y mantequilla. Cúbranlas con achicoria roja y pan molido. ¡Brincan de buenas!

Spiders: The oldest known spider is the Attercopus whose fossil dates some 300 to 400 million years. Spiders shed their exoskeleton to grow, giving them new skin and body parts until they mature (especially handy when a spider loses a leg or fang). Tarantulas which live 6 to 30 years are the longest living spiders. The largest spiders are the Australian Barking Spiders with a body length of 2.4 inches and a leg span of 6.3 inches.

Spider Salad (origins unknown)
One cup non-poisonous spiders. Remove legs and quarter. Steam them and add to a bed of romaine lettuce. Top with parsley, mushrooms, radishes and scallions. Add dressing and ground pepper.

Grilled Tarantulas (Amazon)
Place tarantulas directly into fire to remove body hair and legs. Grill these creepy crawlers until done.

Spiders have been said to taste like crab.

Arañas: La araña más antigua conocida es la Attercopus, cuyo fósil data de hace unos 300 a 400 millones de años. Mudan su exoesqueleto para crecer, con lo que adquieren una piel nueva y partes del cuerpo hasta que maduran (les viene bien si pierden una pata o un diente). Las tarántulas que viven de 6 a 30 años son las arañas de vida más larga. Las de mayor tamaño son las ladradoras australianas (arañas comepájaros o sibilantes), con cuerpo de 2.4 pulgadas de largo y patas que alcanzan una envergadura de 6.3 pulgadas.

Ensalada de araña (orígenes desconocidos)
Una taza de arañas no ponzoñosas. Desprendan las patas y córtenlas en cuatro pedazos. Cuézanlas al vapor y añádanlas a una capa de lechuga romana. Encima, pongan perejil, hongos, rábanos y cebollinos verdes. Añadan aderezo y pimienta molida.

Tarántulas a la parrilla (Amazonas)
Coloquen a las tarántulas sobre fuego directo para desprender el pelo y las patas. Asen a estos insectos rastreros hasta que se cuezan.

Se ha dicho que las arañas saben a cangrejo.

Ants: Ants are the largest family of insects on earth. They evolved from wasp-like ancestors. The earliest fossils have been dated to 110 Million years ago. The biggest ant in the world is the female Driver ant from Africa with a body length of 1.6 inches. During the Spring months in Mexico, "hunters" dig for ant eggs in nests of ant colonies. The precious larvae known as escamoles, makes several wonderful yummy food dishes.

Ant Brood Tacos (origins unknown)
Mix and cook a half pound of ant larvae and pupae, serrano chilies, tomato, pepper, cumin, oregano, and cilantro. Serve in crispy taco shells.

Moths: Primitive moths and butterflies first appeared (along with flowering plants) more than 65 million years ago. The largest moths, found in Brazil, have wing spans of nearly a foot. Moths are known as pollinators of the night because they are most active from dusk to night. Moth silk production, which began approximately 5,000 years ago in China, has been very beneficial to mankind.

Bognong Moths (Australia)
Moths are cooked in sand first. Stirring in the hot
ashes will burn off wings and legs, but heads
also need to be removed. Moths can be eaten or
ground into paste or made into cakes.

Hormigas: Las hormigas son la familia de insectos más grande de la tierra. Evolucionaron de ancestros similares a los avispones. Los primeros fósiles se han datado en 110 millones de años. La hormiga de mayor tamaño del mundo es la hembra Dorilina del África, con un cuerpo de 1.6 pulgadas de largo. En México, durante los meses de la primavera, los "cazadores" excavan buscando huevecillos en nidos de las colonias de hormigas. Las preciadas larvas conocidas como escamoles se usan en la preparación de varios maravillosos platillos, para chuparse los dedos.

Tacos de escamoles (orígenes desconocidos)
Mezclen y cocinen media libra de larvas y pupas de hormiga, chiles serranos, tomate, pimienta, comino, orégano y cilantro. Sírvanlas en crujientes tortillas tostadas en forma de taco.

Polillas: Las polillas y mariposas primitivas aparecieron por primera vez (junto con plantas con flores) hace más de 65 millones de años. Las polillas más grandes, encontradas en Brasil, tienen una envergadura alar (extensión de alas abiertas) de cerca de un pie. Se sabe que las polillas son polinizadoras nocturnas porque sus horas de más actividad son del oscurecer a la noche cerrada. La producción de polillas de gusano de seda, que empezó en China hace aproximadamente 5.000 años, ha sido muy beneficiosa para la humanidad.

Polillas de Bogong (Australia)
Primero se cocinan en arena. Revolver las cenizas calientes les quemará las alas y patas, pero también hay que quitarles la cabeza. Pueden comerse enteras o molidas hasta formar una pasta o en tortitas.

Freaky Foods From Around The World is taken from my experiences while traveling throughout the world with my husband and two sons. The greatest hurdle came when we sat down to eat a meal. Although both boys were adventurous, there were times we had to resort to the freeze dried noodles we learned to carry with us. This book is for those children who do not get an opportunity to travel. Through this story, they too can learn about foods from different cultures.

Editors: Kim Paden, Evan Meyer
Spanish language translator: Susana Haake
Design and production: Robert L. Winner

Summary: Lucas invites his classmates for lunch prepared by grandma. As a world traveler, grandma has accumulated some interesting recipes. When she serves lunch, do the children bolt, or do they learn to appreciate foods from different cultures? You'll love the bilingual text with a list of foods in rhyme. For you fact lovers, there is a natural history section on the animals used as food.

Cookery characteristic of specific geographical & ethnic environments. Call #641.59

ISBN# 0-9651174-2-1
LCN# 2004095927

Check out Ramona's other bilingual books, It's Okay to be Different, and Lucas and His Loco Beans at www.brainstorm3000.com or www.amazon.com.

Dedication: To my husband, Rob, whose talent and resourcefulness have not only made this book come to life, but have also provided our family with the opportunity to travel around the world twice!